ACTES SUD JUNIOR
est dirigé par Madeleine T

MW01687471

CONTES DE
RUSSIE

Titre original :
Rousskijé narodnyjé Skazki
Les originaux de l'auteur sont conservés
au musée Goznak à Moscou.

ISBN 2-7427-0937-1

Les Grands Livres

CONTES DE RUSSIE

Illustrations de
IVAN YAKOVLÉVITCH BILIBINE

Traduits par
CÉCILE TÉROUANNE

ACTES SUD JUNIOR

SOMMAIRE

CONTES DE RUSSIE

Ces contes du folklore russe, devenus des « classiques » du conte pour enfants, nous font retrouver les figures légendaires de la Baba Yaga dans sa maisonnette montée sur pattes de poule, de Kochtcheï l'Immortel, auxquelles se mesurent Ivan tsarévitch et son inséparable loup gris ou Vassilissa la Très Belle protégée par sa poupée.

FINIST FIER FAUCON

Conte recueilli dans la province de Vologda. Finist est la déformation de « Phénix », l'oiseau renaissant éternellement de ses cendres.
Le mariage d'une jeune femme avec un être zoomorphique, la découverte du secret par les proches et leur acharnement contre le fiancé merveilleux est un sujet universel.

IVAN TSARÉVITCH ET LE LOUP GRIS

Conte connu en Europe, dans le Caucase, etc. La version dont nous proposons une traduction est une réédition d'Afanassiev. Publié dans le recueil *Les Promenades de grand-père*, Moscou 1819, le texte remonte à une édition populaire du XVIIIe siècle (littérature de colportage). Il existe en Russie plusieurs rédactions de ce conte, dont une du poète Joukovsky datant de 1845.

VASSILISSA LA TRÈS BELLE

Ce conte est la rédaction littéraire d'un original populaire resté inconnu. Il n'a pas d'analogue et constitue une formulation remarquable du schéma belle-fille/marâtre. Contrairement aux autres contes qui peuvent présenter différentes variantes, il n'existe de celui de Vassilissa la Très Belle qu'une seule version. On peut remarquer le personnage de la petite poupée, que l'on retrouve dans le folklore de nombreux peuples, et qui incarne les divinités familiales, l'esprit des anciens.

LA PRINCESSE GRENOUILLE

La Princesse Grenouille renvoie au type de contes mettant en scène une fiancée ou un parent à caractère merveilleux. Ce schéma où un homme épouse un être magique, c'est-à-dire un être à l'apparence animale qui revêt forme humaine, appartient aux plus anciens contes. On le retrouve dans le folklore des tribus australiennes, dans les îles océaniennes, en Afrique au sud du Sahara, chez les Indiens d'Amérique et chez les peuplades du nord de la Russie, tous folklores archaïques où le conte merveilleux naquit pour devenir bientôt un genre à part entière. La version russe nous vient de la province de Saratov et présente l'originalité d'associer l'image de la jeune femme à celle d'une grenouille, tandis qu'on trouve plus souvent dans les autres cultures européennes la souris, le chat ou le serpent. On peut supposer que l'image de la grenouille a subsisté dans la tradition slave du fait de la rémanence tardive d'une croyance populaire selon laquelle l'homme descendrait de la grenouille.

MARIA DES MERS

L'origine de ce conte, assez peu connu en Europe, reste assez mystérieuse. La version dont nous proposons une traduction est celle d'une des premières éditions russes de contes populaires illustrés par Bilibine, qui n'en précise pas la provenance.

FINIST
FIER FAUCON

Il était une fois un paysan qui avait trois filles. Quand sa femme mourut, il resta seul avec ses trois enfants. Il avait bien besoin de quelqu'un pour l'aider ! Heureusement, Mariouchka, la plus jeune de ses filles, le rassura :
– Ne te fais pas de souci, petit père, désormais c'est moi qui m'occuperai de tout à la maison.
Et il en fut ainsi. Mariouchka savait tout faire, s'y entendait en chaque chose. Son père l'aimait beaucoup : il était content d'avoir une fille si intelligente et si travailleuse. En outre, Mariouchka était une vraie beauté. À l'inverse, ses sœurs aînées étaient envieuses et cupides ; loin d'être jolies, elles n'en passaient pas moins leurs journées à se poudrer, se farder, mettre des habits neufs, et à se demander si tel vêtement leur allait vraiment, si ces souliers étaient jolis, et si ce châle convenait.
Un jour, le père, qui devait se rendre au marché, demanda à ses filles :
– Quel cadeau voulez-vous que je vous rapporte, mes petites filles ?
L'aînée et la cadette répondirent :
– Achète-nous chacune un foulard, avec de grosses fleurs, brodées en fil doré.
Mariouchka se taisait. Le père l'interrogea :
– Et toi, ma chérie, que faut-il te rapporter ?
– Père, rapporte-moi une petite plume de Finist Fier Faucon.

Le père revint avec les foulards, mais sans la petite plume.
Une autre fois, le père retourna au marché et demanda de nouveau à ses trois filles ce qu'elles désiraient.
– Achète-nous chacune une paire de bottines avec des boucles argentées, répondirent les sœurs aînées, toutes joyeuses.
Mariouchka, elle, se contenta de demander une nouvelle fois :
– Père, rapporte-moi une petite plume de Finist Fier Faucon.
Le père chercha toute la journée, il acheta les bottines, mais revint sans avoir trouvé la petite plume.

Quand, pour la troisième fois, le père se rendit au marché, l'aînée et la cadette lui dirent :
– Achète-nous chacune une robe.
Mariouchka demanda une nouvelle fois :
– Père, rapporte-moi une petite plume de Finist Fier Faucon.
Le père chercha toute la journée, mais ne trouva pas la petite plume.
Il avait déjà quitté la ville, quand il croisa, sur sa route, un vieillard.
– Salut grand-père !
– Bonjour mon brave ! Où vas-tu ?
– Je rentre chez moi, grand-père, au village. Mais j'ai un souci : ma plus jeune fille m'a demandé de lui rapporter du marché une petite plume de Finist Fier Faucon, et je ne l'ai pas trouvée.
– J'ai la plume que tu cherches. J'y tiens beaucoup, mais si c'est pour ta gentille Mariouchka, je veux bien te la donner.
Le vieillard sortit la plume et la lui tendit. Elle avait un aspect très commun, et le paysan pensait en rentrant chez lui : « Qu'est-ce que Mariouchka peut bien trouver de beau à cette plume-là ? »
Le père offrit leurs cadeaux à ses trois filles ; l'aînée et la cadette mirent leurs belles robes et se moquèrent de Mariouchka :
– Tu as été bien bête, tant pis pour toi. Mets donc ta plumette dans tes cheveux maintenant, et va faire la belle !
Mais Mariouchka se taisait et, quand tout le monde fut parti se coucher, elle lança la petite plume par terre et murmura :
– Gentil Finist, fier faucon, montre-toi à moi, mon fiancé tant attendu !
Et un jeune homme apparut devant elle. Il était d'une beauté telle que tous les mots d'un livre ne pourraient la décrire ni un tableau la dépeindre.

Au matin, il frappa le sol du pied et se transforma en faucon.
Mariouchka ouvrit la fenêtre et il s'envola vers le ciel encore sombre.
Trois fois, à la nuit tombée, Mariouchka fit venir à elle le beau jeune homme ; trois fois, au lever du jour, il s'envola sous la forme d'un faucon dans les airs bleutés.
Le quatrième jour, les méchantes sœurs remarquèrent un oiseau qui s'envolait de la chambre de Mariouchka. Jalouses du secret de leur sœur, elles coururent se plaindre à leur père.

– Mes chères filles, dit le père, cessez de vous chamailler ainsi.
« Entendu, pensèrent les sœurs, nous verrons bien. Mais en attendant, on ne peut pas laisser un dangereux faucon entrer et sortir comme ça de chez nous. »
Elles disposèrent des couteaux pointus tout autour de la fenêtre et se cachèrent pour regarder.
Le soir, le fier faucon tournoya dans le ciel et piqua droit vers la chambre de Mariouchka. Il se cogna, et se cogna encore contre la fenêtre ; toute sa poitrine était déchirée par les lames des couteaux pointus, mais Mariouchka dormait et ne l'entendait pas.
C'est alors que le faucon dit :
– Qui a besoin de moi saura me trouver. Mais ce ne sera pas facile. Tu me retrouveras quand tu auras usé trois paires de sabots, brisé trois bâtons, et déchiré trois bonnets, tous durs comme fer.
Entendant cela, Mariouchka bondit de son lit, mais trop tard ! Le faucon avait déjà disparu, et il ne restait plus que des traces de sang à la fenêtre.
Mariouchka pleura des larmes amères qui effacèrent la traînée de sang, et devint plus belle encore. Elle alla voir son père et lui dit :
– Ne te fâche pas contre moi, petit père, laisse-moi partir pour un lointain voyage. Si je reste en vie, nous nous reverrons ; si je meurs, c'est qu'il devait en être ainsi.

Le père eut bien du chagrin de laisser partir sa fille bien-aimée, mais il ne la retint pas. Mariouchka se fit faire trois paires de sabots, trois bâtons et trois bonnets, tous durs comme fer, et entama sa longue route à la recherche de son bien-aimé, Finist Fier Faucon. Elle traversa des champs, des forêts obscures, de hautes montagnes. Les oiseaux lui chantaient des chansons gaies, les ruisseaux lavaient son visage pur, les bois sombres semblaient la protéger. Personne ne faisait de mal à Mariouchka : les loups gris, les ours, les renards, tous les animaux, même les plus sauvages, accouraient vers elle. Elle usa ainsi une paire de sabots, brisa un bâton et déchira un bonnet, tous durs comme fer.
Soudain Mariouchka arriva dans une clairière et vit une petite isba montée sur des pattes de poule qui tournait. Mariouchka dit :
– Petite isba, petite isba, arrête-toi dos à la forêt et face à moi ! Je dois entrer chez toi, manger un peu de pain.

La petite isba s'arrêta dos à la forêt et face à Mariouchka. Celle-ci entra et vit à l'intérieur une affreuse Baba Yaga*-jambe de bois, avec des pieds si grands qu'ils sortaient par les fenêtres, une bouche sans dents et un nez qui avait poussé jusqu'au plafond.

Quand la Baba Yaga vit Mariouchka, elle se mit à grogner :

– Pouah, pouah, ça sent la chair fraîche ! Jolie jeune fille, qu'est-ce qui t'amène ou ne t'amène pas ici ?

– Grand-mère, je cherche Finist Fier Faucon.

* La Baba Yaga est un des personnages majeurs du folklore russe, c'est une vieille femme très laide, qui peut être aussi bien une sorcière méchante (comme dans le conte *Vassilissa la Très Belle*), qu'une magicienne bienveillante (dans l'histoire de *Finist Fier Faucon*).

À ces mots, la Baba Yaga changea de ton :
– Eh, ma belle, tu vas le chercher longtemps ! Ton fier faucon est au bout de la terre, dans le royaume de la fin du monde. La tsarine-magicienne lui a fait boire un philtre et l'a épousé. Mais je vais t'aider. Je te donne ce petit plat d'argent et cet œuf d'or. Quand tu arriveras au bout de la terre, fais-toi employer comme servante auprès de la tsarine. Une fois ton travail terminé, prends le petit plat, pose l'œuf d'or dessus, il se mettra à rouler tout seul. Si on veut te l'acheter, ne le vends surtout pas ; demande seulement à voir Finist.
Mariouchka remercia la Baba Yaga et partit dans la forêt.

Il y faisait noir comme dans un four et la pauvre enfant avait si peur qu'elle n'osait plus poser un pied devant l'autre. Soudain un chat bondit vers Mariouchka et dit en ronronnant :
– N'aie pas peur, Mariouchka, continue d'avancer. Cela va être de plus en plus effrayant, mais avance toujours, sans te retourner.
Le chat frotta son dos contre la jambe de la petite et s'en fut.
Alors Mariouchka continua d'avancer dans la forêt de plus en plus sombre et inquiétante, usant ainsi une autre paire de sabots, brisant un autre bâton, déchirant un autre bonnet, tous durs comme fer. Elle arriva enfin devant une petite isba montée sur des pattes de poule. La maisonnette était entourée d'une palissade, surmontée de crânes dans lesquels crépitait un feu. Mariouchka dit :
– Petite isba, petite isba, arrête-toi dos à la forêt et face à moi ! Je dois entrer chez toi, manger un peu de pain.
La petite isba s'arrêta dos à la forêt et face à Mariouchka. Cette dernière entra et vit à l'intérieur une affreuse Baba Yaga-jambe de bois, avec des pieds si grands qu'ils sortaient par les fenêtres, une bouche sans dents et un nez qui avait poussé jusqu'au plafond.
Quand la Baba Yaga vit Mariouchka, elle se mit à grogner :
– Pouah, pouah, ça sent la chair fraîche ! Jolie jeune fille, qu'est-ce qui t'amène ou ne t'amène pas ici ?
– Grand-mère, je cherche Finist Fier Faucon.
– As-tu été chez la Baba Yaga ma sœur ?
– Oui, grand-mère.
– Bien, ma belle, dans ce cas je vais t'aider. Prends ce petit métier à broder en argent et cette aiguille d'or. L'aiguille brodera elle-même le velours

pourpre de fils d'or et d'argent. Si on veut te l'acheter, ne la vends surtout pas ; demande seulement à voir Finist.
Mariouchka remercia la Baba Yaga et reprit son chemin à travers la forêt.

Cela claquait, grondait, sifflait de tous côtés, et des têtes de mort illuminaient les bois. Mariouchka avait grand-peur, quand soudain un chien accourut vers elle :
– Ouah ! ouah ! N'aie pas peur, Mariouchka ! Va, ma mignonne, va ! Cela va être de plus en plus effrayant, mais avance toujours, sans te retourner.
À ces mots, le chien s'en fut. Et Mariouchka continua d'avancer, ses pieds butaient, ses manches s'accrochaient aux branchages... Mais Mariouchka avançait, avançait, sans se retourner, usant ainsi la troisième paire de sabots, brisant le troisième bâton, et déchirant le troisième bonnet, tous durs comme fer. Enfin elle arriva dans une clairière où se trouvait une petite isba montée sur des pattes de poule, entourée d'une palissade sur laquelle brûlaient des crânes de chevaux enflammés. Mariouchka dit :
– Petite isba, petite isba, arrête-toi dos à la forêt et face à moi ! Je dois entrer chez toi, manger un peu de pain.
La petite isba se tourna dos à la forêt et face à Mariouchka. Elle entra et vit à l'intérieur une affreuse Baba Yaga, avec des pieds si grands qu'ils sortaient par les fenêtres, une bouche sans dents et un nez qui avait poussé jusqu'au plafond. Quand la Baba Yaga vit Mariouchka, elle se mit à grogner :
– Pouah, pouah, ça sent la chair fraîche ! Jolie jeune fille, qu'est-ce qui t'amène ou ne t'amène pas ici ?
– Grand-mère, je cherche Finist Fier Faucon.
– Il te sera difficile de le trouver, ma belle, mais je vais t'aider. Voici pour toi un petit tabouret d'argent et une quenouille d'or. Prends-la dans tes mains, elle filera toute seule, et pas un fil ordinaire, mais un fil d'or.
– Merci à toi, grand-mère.
– C'est bon, tu me remercieras plus tard. À présent, écoute mes conseils : si l'on veut acheter ta quenouille d'or, ne la vends surtout pas ; demande seulement à voir Finist.
Mariouchka remercia encore la Baba Yaga et partit, tandis que la forêt se mettait à mugir, à gémir, et à retentir de grands bruits ; un sifflement s'éleva, les chouettes se mirent à tournoyer dans le ciel, les souris sortirent de leur trou et se ruèrent toutes vers Mariouchka.

Soudain, un loup gris surgit à sa rencontre.
– Ne sois pas triste, dit-il. Assieds-toi sur moi et ne te retourne surtout pas.
Mariouchka prit place sur le loup gris et pfuitt ! elle s'envola. Devant elle défilèrent de vastes steppes, des prairies pourpres, des fleuves de bronze, des pays de cocagne, des montagnes dont le sommet frôlait les nuages. Mariouchka bondissait et bondissait encore. Soudain apparut un palais de cristal. La tsarine-magicienne était là, debout à l'une des fenêtres toutes ciselées et ornées de motifs.
– À présent, Mariouchka, dit le loup, descends, va proposer tes services comme servante.

Mariouchka prit son baluchon, remercia le loup et s'avança vers le palais de cristal. Elle salua la tsarine-magicienne et dit :
– J'ignore comment vous nommer et vous honorer, mais n'auriez-vous pas besoin d'une servante ?
La tsarine répondit :
– Je cherche depuis longtemps une servante qui sache filer, tisser et broder.
– Je sais faire tout cela.
– Alors entre et mets-toi au travail.
Ainsi Mariouchka devint-elle la servante de la tsarine-magicienne. À la nuit tombée, elle prit le petit plat d'argent et l'œuf d'or, tout en disant :
– Roule, roule, petit œuf d'or, sur ton plateau d'argent, montre-moi mon bien-aimé.
L'œuf se mit à rouler sur le petit plat d'argent et le reflet de Finist Fier Faucon apparut. Mariouchka le regarda et versa de chaudes larmes :
– Mon Finist, fier faucon, pourquoi m'as-tu laissée toute seule, si malheureuse, à te pleurer !
La tsarine avait entendu Mariouchka et lui dit :
– Mariouchka, vends-moi le plateau d'argent et l'œuf d'or.
– Non, dit Mariouchka. Ils ne sont pas à vendre. Je peux te les donner, si tu me permets de voir Finist Fier Faucon.
La tsarine réfléchit longuement.
– C'est entendu, dit-elle. Qu'il en soit ainsi. Cette nuit, quand il sera endormi, je te le montrerai.
La nuit tomba et Mariouchka se rendit dans la chambre à coucher de Finist Fier Faucon. Elle vit son tendre ami qui dormait d'un sommeil de plomb.

Elle le regarda et le regarda encore, embrassa ses lèvres douces, étreignit sa poitrine, mais il ne se réveillait pas…
Déjà le soleil se levait, et Mariouchka n'avait pas réussi à réveiller son bien-aimé.
Mariouchka travailla tout le jour. Puis, quand vint le soir, elle prit le métier à broder en argent et l'aiguille d'or. Elle se mit à broder, tout en murmurant :
– Brode, brode, aiguille d'or, un joli motif pour Finist Fier Faucon. Pour qu'il ait de quoi essuyer son beau visage au matin.
La tsarine-magicienne avait tout entendu et dit :
– Mariouchka, vends-moi le métier à broder en argent et l'aiguille d'or.
– Je ne te les vendrai pas, dit Mariouchka. Mais je puis te les donner, si seulement tu me permets de voir Finist Fier Faucon.
La tsarine réfléchit longuement.
– C'est entendu, dit-elle. Qu'il en soit ainsi, viens cette nuit.
À la nuit noire, Mariouchka entra dans la chambre à coucher de Finist Fier Faucon, qui dormait d'un sommeil de plomb.
– Mon Finist chéri, fier faucon, réveille-toi, lève-toi !
Finist Fier Faucon dormait toujours aussi profondément. Mariouchka eut beau essayer de le réveiller, le jour se leva sans qu'elle soit parvenue à le tirer de son sommeil.

Après une nouvelle journée de travail, Mariouchka prit le petit tabouret d'argent et la quenouille d'or. Aussitôt la tsarine-magicienne s'exclama :
– Vends-les-moi ! Vends-les-moi !
– Je ne te les vendrai pas, mais je puis te les donner si tu me permets seulement de passer une heure avec Finist Fier Faucon.
La tsarine-magicienne accepta, tout en pensant : « De toutes façons elle n'arrivera jamais à le réveiller ! »
Quand la nuit fut tombée, Mariouchka entra dans la chambre à coucher de Finist Fier Faucon, qui dormait d'un sommeil de plomb.
– Mon Finist chéri, fier faucon, réveille-toi, lève-toi !
Elle eut beau essayer de le réveiller, elle n'y parvint pas, et l'aube approchait.
Alors Mariouchka éclata en sanglots :
– Mon bien-aimé, Finist Fier Faucon, réveille-toi, lève-toi, regarde ta Mariouchka, serre-la contre ton cœur !
C'est alors qu'une de ses larmes roula sur l'épaule de Finist Fier Faucon.
Soudain le jeune homme tressaillit, ouvrit les yeux et regarda tout autour

de lui. Voyant Mariouchka, il la serra contre son cœur en s'exclamant :
– C'est bien toi Mariouchka ! Ainsi tu as usé trois paires de sabots, brisé trois bâtons, déchiré trois bonnets, tous durs comme fer, et tu m'as retrouvé ! Vite, rentrons chez nous !
Ils allaient fuir quand la tsarine-magicienne les surprit. Elle donna l'ordre que retentissent tous les tambours du royaume afin que nul n'ignore la trahison de son époux. Les princes et les marchands du pays entier se réunirent, et tinrent conseil pour décider du sort de Finist Fier Faucon.
C'est alors que ce dernier lança pour sa défense :
– Quelle est selon vous la meilleure épouse : celle dont l'amour est plus solide que le fer, ou celle qui échange son mari contre un peu d'or et d'argent ?
Tous furent d'accord pour dire que la meilleure épouse était la première, celle dont l'amour était plus solide que le fer. Et ils laissèrent Mariouchka et Finist Fier Faucon rentrer dans leur royaume. Là, Finist Fier Faucon et Mariouchka organisèrent un grand festin, les trompettes sonnèrent, les canons tirèrent, et la fête fut si belle qu'on s'en souvient encore.

IVAN TSARÉVITCH
ET LE LOUP GRIS

IL ÉTAIT UNE FOIS le tsar Bérendeï, qui avait trois fils. Le plus jeune s'appelait Ivan. Le tsar avait un jardin magnifique et, dans ce jardin, un pommier sur lequel poussaient des pommes d'or.

Or, depuis un certain temps, quelqu'un pénétrait dans le jardin et y dérobait les pommes d'or. Le tsar avait bien du chagrin. Il décida de poster des gardes dans le jardin, mais aucun ne parvint à surprendre le voleur.

Le tsar cessa de manger et de boire tant il était malheureux.

Ses fils le consolèrent :

– Bien cher père, ne sois pas si triste, nous monterons nous-mêmes la garde dans le jardin.

Le plus âgé des fils ajouta :

– Aujourd'hui c'est mon tour de protéger le jardin contre le voleur.

Et le fils partit. Il eut beau arpenter le jardin toute la soirée, il ne surprit personne. Tombant de sommeil, il s'allongea sur l'herbe douce et s'endormit. Il dormit toute la nuit et ne put voir celui qui venait dérober les pommes d'or.

Au matin, le tsar lui demanda :

– Eh bien, dis-moi vite : as-tu surpris le voleur ?

Le fils aîné préféra mentir et déclara :

И.БИЛИБИНЪ. 1899.

– Non, très cher père, je n'ai pas fermé l'œil de la nuit, pourtant je n'ai vu personne.
La nuit suivante, le fils cadet partit monter la garde. Lui aussi s'endormit et, au matin, déclara comme son frère qu'il n'avait pas vu le voleur.
Ce fut alors au tour du plus jeune, Ivan tsarévitch, d'aller monter la garde. Il ne voulait pas même s'asseoir, encore moins se reposer. Quand le sommeil le gagnait, il frottait son visage avec la rosée et le sommeil disparaissait. La moitié de la nuit s'était écoulée quand il eut soudain l'impression qu'il y avait de la lumière dans le jardin. De plus en plus de lumière. Bientôt le jardin fut tout à fait éclairé. C'est alors qu'il vit l'Oiseau de feu, posé sur le pommier, en train de manger les pommes d'or.
Ivan tsarévitch* s'approcha doucement du pommier et saisit l'oiseau par la queue. L'Oiseau de feu sursauta et prit son envol, ne laissant à Ivan tsarévitch qu'une plume de sa queue entre les doigts.
Au matin, Ivan tsarévitch alla voir son père.
– Eh bien, mon cher Ivan, as-tu surpris le voleur ?
– Bien cher père, je n'ai pas réussi à l'attraper, mais j'ai pu voir qui te cause tant de soucis. C'est l'Oiseau de feu, père. Voici tout ce que j'ai pu te rapporter, dit Ivan en tendant la plume à son père.
Le tsar prit la plume et, oubliant son chagrin, se remit à boire et à manger. Mais un beau jour, en regardant la plume, il songea de nouveau à l'Oiseau de feu. Il fit alors venir ses fils et leur dit :
– Mes chers enfants, sellez votre meilleur cheval, parcourez le vaste monde, tous les pays de la Terre, et rapportez-moi l'Oiseau de feu.
Les fils saluèrent leur père et se mirent chacun en route dans une direction différente.

Ivan tsarévitch chevaucha longtemps, longtemps. Soudain, au beau milieu de la route, il vit une large pierre, sur laquelle était gravé : « Celui qui ira tout droit aura froid et faim ; celui qui ira à droite sera sain et sauf, mais son cheval mourra ; celui qui ira à gauche mourra, mais son cheval sera sain et sauf. » Ivan tsarévitch lut ces inscriptions et choisit de prendre le chemin de droite. Au bout d'un moment, comme il se sentait fatigué, il descendit de cheval, l'attacha et sombra dans le sommeil. Quand Ivan tsarévitch se réveilla, il vit que sa monture avait disparu.

* Dans le royaume russe, rois et reines portaient le nom de tsar et tsarine, leurs fils et leurs filles celui de tsarévitch et tsaritsa (qui est moins utilisé), ce qui signifie « petit tsar » et « petite tsarine ».

кто поѣ ѿ
столба сего пря
тъ будетъ голо
и холоденъ.
кто поѣдетъ въ
правую сторону
будетъ здравъ и жи
а конь мертвъ
а кто поѣдетъ въ
лѣвую сторону
самъ убитъ будетъ
конь живъ.
И. БИЛИБИНЪ 1899.

Il partit à sa recherche, marcha, et marcha encore, puis finit par retrouver son cheval : il n'en restait que la carcasse et les os, rongés !
Ivan tsarévitch était bien malheureux : comment allait-il poursuivre son long voyage sans cheval ?
« Tant pis, pensa-t-il, continuons ! »
Et il reprit la route à pied. Il marcha, et marcha encore. À la fin de la journée, il se sentit bien fatigué. Il s'assit sur l'herbe douce et se laissait aller à la tristesse, quand soudain, surgi de nulle part, un loup gris accourut vers lui :
– Et alors, Ivan tsarévitch, que fais-tu assis à te lamenter, la tête basse ?
– Comment ne me lamenterais-je pas, loup gris ? Me voici sans mon fidèle cheval.
– C'est moi, Ivan tsarévitch, qui ai mangé ton cheval. À présent j'ai pitié de toi ! Raconte-moi. Pourquoi t'en vas-tu au loin ? Quelle est ta route ?
– Mon père m'a envoyé parcourir le vaste monde pour trouver l'Oiseau de feu.
– Ah ! ça, même en chevauchant trois années ton fidèle cheval, tu n'y parviendrais pas ! Je suis le seul à savoir où il habite. Eh bien voilà, puisque c'est moi qui ai mangé ton cheval, je vais maintenant être ton fidèle serviteur. Assieds-toi sur moi et tiens-toi bien.

Ivan tsarévitch enfourcha le loup gris qui partit au galop – les forêts bleues défilaient devant ses yeux, les étangs infranchissables disparaissaient comme balayés d'un coup de queue. Au bout d'un certain temps, ils arrivèrent devant une imposante forteresse. Le loup gris dit :
– Écoute-moi, Ivan tsarévitch, et souviens-toi bien : grimpe sur le mur et n'aie pas peur, c'est la bonne heure, tous les gardes dorment. Tu verras dans le terem* une petite fenêtre, une cage dorée y est posée, et dans cette cage se tient l'Oiseau de feu. Prends l'oiseau, serre-le contre toi, mais surtout garde-toi de toucher à la cage !
Ivan tsarévitch escalada le mur, vit le terem, la cage dorée posée à la fenêtre et l'Oiseau de feu à l'intérieur. Il prit l'oiseau, le serra contre lui, et se mit à regarder la cage. Son cœur s'enflamma : « Ah ! quelle belle cage, si dorée, si précieuse ! Comment ne pas l'emporter ! » Et il oublia ce que le loup lui avait recommandé. À peine eut-il effleuré la cage qu'un immense vacarme retentit : les trompettes se mirent à sonner, les tambours à tambouriner, si fort que les gardes se réveillèrent, s'emparèrent d'Ivan tsarévitch et le

* Partie supérieure d'une maison, dans l'ancienne Russie ; le lieu même d'habitation.

menèrent devant le tsar Afron. Le tsar Afron était très en colère et lui demanda :
– Qui est ton père et d'où viens-tu ?
– Je suis le fils du tsar Bérendeï, Ivan tsarévitch.
– Quelle honte ! Un fils de tsar qui vole !
– Et que dire de votre oiseau, qui venait piller chaque nuit notre jardin, lui !
– Tu aurais dû venir me trouver et, si tu me l'avais demandé honnêtement, je t'aurais donné l'oiseau, par respect pour ton père, le tsar Bérendeï. Tandis qu'à présent, je vais répandre partout la rumeur de votre malhonnêteté... Allons va, je te pardonnerai, si tu me rends un service. Dans le royaume du tsar Kousman, il y a un cheval à la crinière d'or. Rapporte-le-moi, et en échange je te donnerai l'Oiseau de feu et la cage dorée.
Ivan tsarévitch était bien abattu quand il alla retrouver le loup gris.
– Je t'avais pourtant dit de ne pas toucher à la cage ! Pourquoi ne m'as-tu pas écouté ? lui lança le loup gris.
– Pardon, loup gris, je te demande pardon.
– Bon, bon, je te pardonne... Allez, assieds-toi sur moi. Quand on a commencé quelque chose, il faut aller jusqu'au bout.

Le loup gris partit de nouveau au galop avec Ivan tsarévitch sur le dos. Au bout d'un certain temps, ils arrivèrent devant la forteresse où se trouvait le cheval à la crinière d'or.
– Grimpe sur le mur, Ivan tsarévitch, les gardes dorment, va dans l'écurie, emmène le cheval, mais prends bien garde de ne pas toucher à la bride !
Ivan tsarévitch s'introduisit dans la forteresse où tous les gardes étaient endormis, et s'empara du cheval à la crinière d'or. Mais quand il vit la bride en or, tout incrustée de pierres précieuses, la seule que puisse porter ce cheval, il ne put résister. À peine Ivan tsarévitch avait-il effleuré la bride qu'un immense vacarme retentit : les trompettes se mirent à sonner, les tambours à tambouriner, si fort que les gardes se réveillèrent, s'emparèrent d'Ivan tsarévitch et le menèrent devant le tsar Kousman.
– Qui est ton père et d'où viens-tu ?
– Je suis Ivan tsarévitch.
– Eh bien, qu'est-ce qui te prends de faire de telles bêtises, voler des chevaux ! Même un simple paysan ne le ferait pas. Allons, va, je te pardonnerai, Ivan tsarévitch, si tu me rends un service. Le tsar Dalmate a pour fille Héléna la Très Belle. Enlève-la, amène-la-moi, et, en échange, je t'offrirai le cheval à la crinière d'or ainsi que sa bride.
Ivan tsarévitch était encore plus accablé quand il s'en retourna vers le loup gris.
– Je t'avais dit, Ivan tsarévitch, de ne pas toucher à la bride. Tu n'as pas écouté mon conseil.
– Pardon, loup gris, je te demande pardon.
– Bon, bon, je te pardonne… Allez, assieds-toi sur mon dos.
Et le loup gris repartit au galop. Ils arrivèrent bientôt au château du tsar Dalmate et virent le jardin où Héléna la Très Belle avait l'habitude de se promener en compagnie de ses mamouchkas et de ses nianias*.
Le loup gris dit :
– Cette fois, c'est moi qui vais y aller. Toi, prends le chemin du retour, je te rattraperai bientôt.
Et Ivan tsarévitch de faire demi-tour, tandis que le loup gris bondissait de l'autre côté du mur. Une fois dans le jardin, il se cacha derrière un buisson et vit Héléna la Très Belle et ses suivantes sortir. Dès que la tsarine fut un peu en retrait, le loup gris s'empara d'elle, la mit en travers de son dos et s'enfuit.

* Désignation des suivantes et des nourrices de la jeune princesse.

И. БИЛИБИНЪ.
1899.

Le loup gris rattrapa Ivan tsarévitch, qui fut très heureux de voir Héléna la Très Belle. Mais le loup gris ordonna :
– Hâte-toi de grimper aussi sur mon dos ; je crains qu'on ne nous poursuive.
Le loup gris bondissait avec Héléna la Très Belle et Ivan tsarévitch, les forêts bleues défilaient devant leurs yeux, les étangs disparaissaient comme balayés d'un coup de queue. Ils arrivèrent enfin chez le tsar Kousman.
– Eh bien, Ivan tsarévitch, tu te tais. Serais-tu triste ? demanda le loup gris à Ivan.
– Et comment ne serais-je pas malheureux, loup gris, à l'idée de quitter Héléna la Très Belle, et de l'échanger contre un cheval ?
Le loup gris répondit :
– Vous ne serez pas séparés. Écoute-moi bien et fie-toi à moi : cachons ta bien-aimée dans un lieu sûr, pendant que moi, je me transformerai en Héléna la Très Belle.

Ils cachèrent la jeune fille dans une petite cabane dans la forêt. Le loup gris fit une pirouette et se transforma trait pour trait en Héléna la Très Belle. Ivan tsarévitch le mena auprès du tsar Kousman, qui fut très heureux et le remercia :
– Merci à toi, Ivan tsarévitch, de m'avoir trouvé une fiancée. Reçois en cadeau le cheval à la crinière d'or ainsi que sa bride.
Aussitôt, Ivan tsarévitch enfourcha le cheval et partit chercher la véritable Héléna la Très Belle. Il l'assit sur le cheval et tous deux se mirent en route.
De son côté le tsar Kousman avait organisé une noce magnifique. Il festoya tout le jour jusqu'au soir, et lorsque vint l'heure du coucher, il conduisit Héléna la Très Belle dans sa chambre ; mais quand il fut couché à côté d'elle, que vit-il ? Une gueule de loup à la place de sa jeune épouse !
Le tsar, effrayé, roula hors du lit.
Le loup gris, lui, avait déjà pris la fuite et rejoint Ivan tsarévitch et sa bien-aimée.
En chemin, il demanda au tsarévitch :
– À quoi songes-tu, Ivan tsarévitch ?
– Hélas, loup gris ! J'ai de la peine à l'idée de me séparer de ce merveilleux cheval à la crinière d'or, et de l'échanger contre l'Oiseau de feu.
– Ne sois pas triste, je vais t'aider.
Ils arrivèrent près du château du tsar Afron. Le loup dit :
– Cache le cheval et Héléna la Très Belle, tandis que moi, je me changerai en cheval à la crinière d'or.

Ivan tsarévitch cacha Héléna la Très Belle et le cheval dans la forêt. Le loup gris fit une pirouette et se transforma trait pour trait en cheval à la crinière d'or. Ivan tsarévitch le conduisit devant le tsar Afron. Celui-ci fut très heureux et lui donna en échange l'Oiseau de feu et sa cage dorée.
Ivan tsarévitch retourna à pied dans la forêt, fit asseoir Héléna la Très Belle sur le véritable cheval à la crinière d'or, saisit la cage dorée avec l'Oiseau de feu et prit le chemin du retour.
Pendant ce temps, le tsar Afron avait ordonné qu'on fasse venir le cheval qui lui avait été offert, mais dès qu'il voulut monter en selle, que vit-il à la place ? Un loup gris ! Le tsar fut si effrayé qu'il tomba à la renverse.

Le loup gris, lui, avait déjà pris la fuite et rejoint Ivan tsarévitch.
– À présent au revoir, je dois m'arrêter ici, dit-il au prince.
Ivan tsarévitch descendit de selle et s'inclina trois fois jusqu'à terre, remerciant le loup gris avec respect. Ce dernier dit :
– Ne me dis pas adieu pour toujours, tu auras encore besoin de moi.
Ivan tsarévitch songea : « Comment aurais-je encore besoin de lui ? Tous mes souhaits sont exaucés. »
Il monta sur son cheval à la crinière dorée, et reprit la route avec Héléna la Très Belle et l'Oiseau de feu. Quand ils furent fatigués, ils s'arrêtèrent pour manger un peu de pain qui leur restait, burent l'eau d'une source pure et s'allongèrent pour se reposer.
À peine s'étaient-ils endormis que les deux frères d'Ivan tsarévitch arrivèrent. Eux qui rentraient chez leur père les mains vides virent qu'Ivan tsarévitch avait tout trouvé.
– Tuons notre frère, et gardons pour nous l'Oiseau de feu, la princesse et le cheval, décidèrent-ils.
Et ils tuèrent Ivan tsarévitch. Puis ils montèrent sur le cheval à la crinière d'or, prirent l'Oiseau de feu, installèrent Héléna la Très Belle sur un autre

cheval, tout en la menaçant de mort, si elle racontait quoi que ce fût au palais. Ivan tsarévitch gisait à terre, déjà les corbeaux tournoyaient au-dessus de lui. Soudain, surgi on ne sait d'où, le loup gris accourut et attrapa un corbeau et son petit.

– Vole, corbeau, vole chercher l'eau de vie et l'eau de mort. Si tu les rapportes, je relâcherai ton petit.

Le corbeau, qui n'avait pas le choix, s'élança à tire-d'aile, tandis que le loup retenait son petit. Il vola, et vola encore, et rapporta enfin de l'eau de vie et de l'eau de mort. Le loup gris aspergea les blessures d'Ivan d'eau de mort, et les blessures se refermèrent ; il aspergea Ivan d'eau de vie et le tsarévitch revint à lui.

– Ah, comme j'ai bien dormi !

– Tu as dormi profondément, dit le loup gris. Et si je n'avais pas été là, tu ne te serais jamais réveillé ! Tes propres frères t'ont tué et ont gardé l'Oiseau de feu, la princesse et le cheval pour eux. Grimpe vite sur mon dos !

Ils s'élancèrent à la poursuite des deux frères. Le loup gris les mit en pièces et dispersa leurs morceaux à travers champs.

Cette fois, Ivan tsarévitch fit vraiment ses adieux au loup gris, après l'avoir remercié avec respect. Puis il rentra chez lui sur le cheval à la crinière d'or, fit présent à son père de l'Oiseau de feu, et garda pour lui sa fiancée, Héléna la Très Belle, et le merveilleux coursier.

Le tsar Bérendeï fut très heureux, et interrogea son fils. Ivan tsarévitch raconta comment le loup gris l'avait aidé, comment ses frères l'avaient tué et comment ils avaient été à leur tour mis en pièces.

Le tsar Bérendeï eut du chagrin mais se consola rapidement. Quant à Ivan tsarévitch, il épousa Héléna la Très Belle et leur vie fut longue et heureuse.

VASSILISSA
LA TRÈS BELLE

Il était une fois dans un royaume, un marchand qui n'avait qu'une fille, Vassilissa la Très Belle. Sa femme était morte alors que la petite n'avait que huit ans ; elle avait confié à sa fille ses dernières paroles :

– Écoute, ma petite Vassilissa chérie ! Souviens-toi toujours de ce que je vais te dire et fais-moi confiance. Je te laisse, en plus de ma bénédiction maternelle, cette poupée ; garde-la toujours avec toi et ne la montre à personne. Si un jour tu es triste, prépare-lui un bon repas et demande-lui conseil. Une fois qu'elle aura mangé, elle te dira comment surmonter ton chagrin.

Le marchand eut beaucoup de peine à la mort de son épouse, puis il songea à se remarier. Il épousa une dame déjà veuve, qui avait deux filles du même âge que Vassilissa. Il pensait qu'elle serait à la fois une femme d'intérieur expérimentée et une mère pour Vassilissa. Mais le marchand se rendit bien vite compte de son erreur : sa nouvelle épouse n'était pas du tout gentille avec Vassilissa. La marâtre et ses filles enviaient en effet la beauté de Vassilissa, qui était la plus belle enfant de tout le village. Elles ne songeaient qu'à épuiser la pauvre petite à la tâche, pour que le travail l'amaigrisse, que le soleil et le vent abîment sa peau.

Mais Vassilissa supportait tout sans se plaindre et chaque jour embellissait davantage. À l'inverse, la méchanceté desséchait et enlaidissait la marâtre et ses filles, alors qu'elles passaient leur temps à ne rien faire, comme de vraies princesses. Comment était-ce possible ? Grâce à la poupée, sans laquelle la pauvre enfant ne serait jamais venue à bout de tout ce travail ! Ainsi, bien souvent, Vassilissa ne mangeait pas et gardait pour sa poupée le meilleur morceau ; le soir, quand tout le monde était couché, elle s'enfermait dans le petit réduit qui lui servait de chambre et régalait sa poupée en lui disant : « Tiens, mange, petite poupée, et écoute mon chagrin ! Ma vie est sans joie dans la maison de mon père ; ma méchante marâtre me harcèle sans cesse. Que faire, dis-moi ? » Une fois qu'elle avait mangé et écouté Vassilissa, la poupée lui donnait des conseils et consolait son chagrin. À l'aube, tout le travail de Vassilissa était fait : il ne restait plus qu'à couper des fleurs pour les bouquets. Car les plates-bandes étaient déjà retournées, les choux arrosés, l'eau puisée et le poêle allumé. Et quand il faisait chaud, la poupée préparait même à Vassilissa une tisane pour se rafraîchir. Il faisait bon vivre avec cette poupée !

Quelques années passèrent ; Vassilissa grandit et fut bientôt en âge de se marier. Tous les jeunes hommes de la ville voulaient l'épouser, et personne ne posait ne fût-ce qu'un regard sur les filles de la marâtre. Cela rendait la marâtre encore plus méchante :

– Pas question de marier la plus jeune avant les aînées ! fulminait-elle en éconduisant les prétendants.

Et elle ne manquait jamais de reporter sa colère sur Vassilissa et de la rouer de coups.

Souvent, le marchand devait s'absenter pour ses affaires. Il partit une fois si loin, si longtemps, que la marâtre profita de cette occasion pour s'installer dans une autre maison, non loin d'une forêt profonde et dangereuse. Dans une des clairières de la forêt vivait en effet l'affreuse Baba Yaga, qui dévorait tous ceux qui osaient s'approcher. Une fois dans sa nouvelle demeure, la marâtre envoyait sans cesse Vassilissa dans la forêt, pour qu'elle se perde et que la Baba Yaga la dévore. Mais la petite rentrait toujours sans encombre à la maison, grâce à sa poupée qui lui indiquait le chemin du retour et la tenait éloignée de la maison de la Baba Yaga.

Quand vint l'automne, la marâtre confia aux trois filles des travaux pour

le soir : l'une devait réparer de la dentelle, l'autre tricoter des chaussettes, et Vassilissa filer de la laine. Avant d'aller se coucher, elle éteignait la lumière dans toute la maison et ne laissait qu'une bougie à l'endroit où elles travaillaient. Un soir, les filles étaient assises à leur ouvrage, quand soudain la flamme de la bougie se mit à vaciller : l'aînée prit les pinces comme pour redresser la mèche, mais, au lieu de cela, elle éteignit la flamme.
– Qu'allons-nous faire maintenant ? dirent les petites. La lumière est éteinte dans toute la maison et nous n'avons pas fini notre ouvrage. Il faut vite aller chercher du feu chez la Baba Yaga !
– J'y vois clair avec mon crochet ! dit celle qui faisait de la dentelle. Je n'irai pas !
– J'y vois clair avec mes aiguilles ! Moi non plus je n'irai pas, dit celle qui tricotait des chaussettes.
– C'est à toi d'y aller, crièrent en chœur les deux méchantes. Va chez la Baba Yaga ! Et elles chassèrent Vassilissa.
Vassilissa se réfugia dans son petit réduit, installa sa poupée devant un bon dîner tout en disant : « Tiens, mange, petite poupée, et écoute mon chagrin : on m'envoie chercher du feu chez la Baba Yaga. Elle va me dévorer ! » La poupée mangea tout en écoutant Vassilissa, et ses yeux s'allumèrent comme deux petites flammes. « N'aie pas peur Vassilissa ! dit-elle. Va où l'on t'envoie, et garde-moi bien contre toi. Il ne t'arrivera rien si je suis avec toi. » Vassilissa se prépara, mit sa poupée dans sa poche et, après avoir fait une prière, partit dans la terrible forêt.

Elle avançait toute tremblante, quand soudain un cavalier bondit auprès d'elle ; il était tout de blanc vêtu, ainsi que son cheval – et le jour se leva. Elle continua son chemin lorsqu'un second cavalier fit irruption : il était tout de rouge vêtu, ainsi que son cheval – et dans le ciel le soleil s'alluma.
Vassilissa marcha, et marcha encore, quand, au deuxième soir, elle parvint enfin à la clairière où se tenait la maison de la Baba Yaga. Elle était entourée d'une palissade d'ossements humains, que surmontaient des crânes qui semblaient vous regarder ; les battants des grilles étaient faits de jambes, les verrous de mains, et la serrure d'une bouche aux dents pointues. Vassilissa, glacée d'horreur, resta pétrifiée lorsque surgit un nouveau cavalier, tout de noir vêtu, et monté sur un cheval noir. Il galopa jusqu'aux grilles

И.БИЛИБИНЪ.1900.

de la Baba Yaga, puis disparut comme si la terre l'avait englouti – et ce fut la nuit. Mais l'obscurité ne se prolongea pas longtemps : des flammes s'allumèrent dans les crânes et toute la clairière se trouva illuminée comme en plein jour.

C'est alors qu'il y eut un bruit terrible dans la forêt : les arbres craquèrent, la terre trembla et la Baba Yaga arriva, juchée sur son mortier, brandissant son pilon, tout en effaçant sa trace avec son grand balai.
Arrivée devant les grilles, elle s'arrêta et huma l'air en hurlant :
– Pouah, pouah, ça sent la chair fraîche ! Qui est là ?
Vassilissa, effrayée, s'avança vers la vieille femme, s'inclina respectueusement et dit :
– C'est moi, grand-mère ! Les filles de ma marâtre m'ont envoyée te demander du feu.
– C'est bon, je vois, dit la Baba Yaga. Si tu restes sagement ici et acceptes de travailler pour moi, je te donnerai du feu ; sinon, je te dévorerai !
Elle se tourna vers les grilles et s'écria :
– Holà ! Solides verrous, ouvrez-vous ! Holà ! Larges battants, écartez-vous !
Les battants des grilles s'écartèrent et la Baba Yaga entra dans un sifflement. Vassilissa la suivit, et les battants se refermèrent derrière elles.
Une fois dans la maison, la Baba Yaga s'étira et dit à Vassilissa :
– Apporte-moi donc ce qui cuit dans le poêle : j'ai grand-faim.
Vassilissa tira du poêle une énorme marmite et servit la Baba Yaga, puis monta de la bière, du vin et des liqueurs du cellier. La vieille but et mangea, ne laissant à Vassilissa qu'un peu de chou, un morceau de pain et un tout petit bout de porcelet. Puis la Baba Yaga se coucha et ordonna, avant de s'endormir :
– Demain, quand je partirai, nettoie la cour, balaie la maison, prépare le repas, et range le linge. Après quoi, va dans le grenier à blé, trie les mauvaises graines et fais du pain. Prends garde que tout soit prêt à mon retour, sinon, je te dévorerai !
Et la vieille de se tourner vers le mur et de se mettre aussitôt à ronfler !
Vassilissa, effrayée, pleurait à chaudes larmes : « Mange, petite poupée, dit-elle en donnant à sa poupée ce que lui avait laissé la vieille, et écoute mon chagrin ! La Baba Yaga m'a donné tant de travail, et elle menace

И. БИЛИБИНЪ 1900

de me dévorer si je n'arrive pas à tout faire ! Aide-moi je t'en prie ! »
La poupée la consola et lui dit : « N'aie pas peur, jolie Vassilissa !
Mange donc, fais ta prière et va te coucher ; la nuit porte conseil ! »
Vassilissa se réveilla à l'aube. La Baba Yaga était déjà levée et regardait par la fenêtre : les yeux des crânes s'éteignaient, quand soudain le cavalier blanc apparut – et le jour se leva. La Baba Yaga sortit dans la cour, siffla, et son mortier surgit devant elle avec son pilon et son balai. Le cavalier rouge apparut – et le soleil brilla. La Baba Yaga s'en alla, juchée sur son mortier, brandissant sa massue tout en effaçant sa trace avec son grand balai. Restée seule, Vassilissa ne savait par où commencer, tant la maison de la Baba Yaga était sale et en désordre. Mais elle s'aperçut bien vite que tout était déjà fait ; la poupée était en train de trier les derniers grains pour faire le pain.
– Ah, tu m'as sauvée ! dit Vassilissa à sa poupée.
– Il ne te reste plus qu'à préparer le repas, répondit la poupée en se glissant dans la poche de Vassilissa. Fais la cuisine et repose-toi bien !

Le soir, Vassilissa mit le couvert et attendit la Baba Yaga. Il faisait déjà sombre quand soudain le cavalier noir surgit derrière les grilles – et ce fut alors la nuit noire. Seuls brillaient les yeux des crânes. Soudain les arbres craquèrent, la terre trembla et la Baba Yaga arriva. Vassilissa vint à sa rencontre.
– Tout est fait ? demanda la vieille.
– Regarde par toi-même, grand-mère ! fit Vassilissa.
La Baba Yaga passa tout en revue, et fut bien déçue de ne trouver aucun reproche à faire.
– Bon, ça va ! lança-t-elle.
Puis elle hurla :
– Mes fidèles serviteurs, mes amis très chers, broyez le grain !
Trois paires de mains surgirent, s'emparèrent du froment et s'en furent aussitôt. La Baba Yaga dévora tout ce que lui avait préparé Vassilissa, et lui lança avant de s'endormir :
– Demain, tu feras la même chose qu'aujourd'hui, mais en plus tu prendras dans le grenier les grains de pavot et tu nettoieras les graines une à une car, vois-tu, quelqu'un de malveillant les a renversées par terre !
Et la vieille de se tourner vers le mur et de se mettre aussitôt à ronfler.
Vassilissa prépara un bon repas pour sa poupée, qui la consola comme la veille en lui disant : « Fais ta prière et va te coucher ; la nuit porte conseil.

И. БИЛИБИНЪ. 1900.

Tout sera fait, petite Vassilissa ! »
Au matin, la Baba Yaga partit sur son mortier, tandis que Vassilissa et la poupée se débarrassaient tout de suite de leurs corvées.

Quand la vieille revint, elle vit que tout avait été fait et s'écria :
– Mes fidèles serviteurs, mes chers amis, pressez le pavot pour en faire de l'huile !
Trois paires de mains surgirent, s'emparèrent du pavot et s'en furent aussitôt. La Baba Yaga se mit à table. Pendant qu'elle dévorait, Vassilissa restait debout sans rien dire.
– Pourquoi ne dis-tu rien ? demanda la Baba Yaga. Tu restes plantée là, muette comme une carpe !
– Je n'osais pas, répondit Vassilissa. Mais si tu m'y autorises, je voudrais te poser une question.
– Demande, demande ; sache seulement que certaines questions coûtent cher : tu seras peut-être plus savante, mais tu auras vite vieilli !
– Juste une question, grand-mère : quand je me rendais chez toi, un cavalier tout de blanc vêtu, monté sur un cheval blanc, m'a dépassée ; qui était-ce ?
– C'était le Jour, ma chérie, répondit la Baba Yaga.
– Ensuite un autre cavalier, tout de rouge vêtu et monté sur un cheval rouge, m'a dépassée ; qui était-ce ?
– C'était mon beau Soleil ! répondit la Baba Yaga.
– Mais que signifiait le cavalier noir qui m'a dépassée juste devant tes grilles, grand-mère ?
– C'était ma Nuit sombre – tous sont mes fidèles serviteurs !
Vassilissa pensa alors aux trois paires de mains que la Baba Yaga appelait du même nom. Mais elle décida de ne plus poser de questions.
– Pourquoi ne demandes-tu rien d'autre ? fit la vieille.
– Parce qu'il m'arriverait ce que tu as prédit : je serais plus savante mais j'aurais vite vieilli.
– J'apprécie ta sagesse, dit la Baba Yaga. Les gens trop curieux, je les dévore ! Maintenant à mon tour de te poser une question : comment as-tu pu faire tout le travail que je te demandais ?
– Grâce à la bénédiction de ma mère, répondit Vassilissa, sans nommer sa poupée.

– Ah, c'est donc ça ! Hors de ma vue, fille bénie ! Je ne veux pas de gens comme toi chez moi !
Elle entraîna Vassilissa hors de la maison, la poussa vers les grilles, attrapa sur la palissade un crâne aux yeux luisants, le planta sur un pieu et le lui donna en disant :
– Voilà du feu pour les filles de ta marâtre, prends-le et va-t'en.
Vassilissa partit en courant à la lumière du crâne, qui s'éteignait avec le lever du soleil et se rallumait à la nuit tombée. Le soir du deuxième jour, elle sortit enfin de la forêt. Vassilissa, certaine qu'on n'avait plus besoin

И. БИЛИБИНЪ

de feu depuis longtemps chez elle, s'apprêtait à jeter le crâne, quand une voix sourde en sortit qui dit : « Ne me jette pas, apporte-moi à ta marâtre ! » Vassilissa s'approcha de la maison, et, ne voyant aucune fenêtre éclairée, se décida à entrer avec le crâne. Pour une fois, la marâtre et ses deux filles lui firent bon accueil, racontant qu'elles étaient restées sans lumière depuis son départ. Aucune d'entre elles n'avait réussi à rallumer le feu. Celui que l'on avait rapporté de chez le voisin s'était éteint dès qu'on était entré.
– Pourvu que ton feu résiste ! dit la marâtre en prenant le crâne.
C'est alors que les yeux du crâne se tournèrent vers elle, puis vers ses filles, en les fixant avec une telle intensité que cela les brûlait ! Elles voulurent se cacher, mais en vain : à l'aube, il ne restait des trois femmes qu'un tas de cendres ; seule Vassilissa était indemne.

Au matin, Vassilissa enterra le crâne, ferma la maison à clé et alla demander le gîte à une vieille femme sans enfants ; elle vivrait là en attendant son père. Au bout de quelque temps, elle dit à la vieille femme :
– Je m'ennuie sans rien faire, grand-mère ! Quand tu iras à la ville, achète-moi le plus beau lin ; je voudrais filer.
La vieille femme alla acheter du beau lin et Vassilissa se mit à l'ouvrage. Elle filait très régulièrement, un fil aussi fin qu'un cheveu. Il fallut bientôt songer à tisser tout ce fil, mais nul peigne n'était assez fin pour le travail de Vassilissa, et personne ne se sentait capable de s'en charger. Vassilissa interrogea sa poupée, qui lui dit : « Apporte-moi n'importe quel vieux peigne, une vieille navette et du crin de cheval ; je peux m'en charger. » Vassilissa rapporta à la poupée ce qu'elle avait demandé et alla se coucher. Dans la nuit, la poupée tissa un bout d'étoffe merveilleuse, et à la fin de l'hiver, elle avait fini une grande pièce de toile, si fine, si fine, que l'on pouvait même la faire passer par le chas d'une aiguille. Au printemps on la blanchit et Vassilissa dit à la vieille femme :
– Vends cette toile, grand-mère et garde l'argent pour toi.
La vieille regarda l'ouvrage et s'exclama :
– Non, ma petite fille ! Personne ne peut porter un tel tissu, sinon le tsar ; je vais l'apporter au palais.
La vieille s'en fut au palais et demeura sous les fenêtres du tsar jusqu'à ce qu'il la vît et lui demandât :
– Que veux-tu, brave femme ?

– Seigneur, répondit la vieille, je t'ai apporté un ouvrage extraordinaire ; je ne veux le montrer à personne d'autre qu'à toi.
Le tsar ordonna qu'on laisse approcher la vieille et, quand il vit l'étoffe, il fut émerveillé.
– Combien en demandes-tu ?
– Ce tissu n'a pas de prix, petit père ! C'est un cadeau, je te le donne !
Le tsar la remercia et renvoya la vieille chargée de présents. On tailla et bâtit dans cette étoffe des chemises pour le tsar ; mais il n'y avait nulle part couturière assez habile pour les coudre. Le tsar rappela alors la vieille :
– Si tu as su filer et tisser une si belle toile, tu sauras y coudre des chemises, déclara-t-il.
– Ce n'est pas moi, seigneur, qui ai filé et tissé cette étoffe, dit la vieille, c'est le travail de Vassilissa, ma fille adoptive.
– Eh bien, elle doit savoir coudre aussi ! ordonna le tsar.
La vieille s'empressa d'aller tout raconter à Vassilissa.

– Je savais que cet ouvrage ne quitterait pas mes mains, dit la jeune fille.
Et Vassilissa s'enferma pour se mettre à l'ouvrage ; elle travailla sans relâche et une douzaine de chemises fut bientôt prête. Elle chargea la vieille de les apporter au tsar, tandis qu'elle se baignait, se coiffait et s'habillait avec soin. Puis elle s'assit à la fenêtre et attendit, attendit encore. Elle vit enfin la vieille femme revenir accompagnée d'un serviteur du tsar.
– Le tsar notre seigneur veut voir l'artiste qui a cousu de si merveilleuses chemises, car il souhaite récompenser lui-même cette personne, déclara le serviteur.
Vassilissa le suivit et parut devant le tsar. Dès qu'il la vit, il tomba éperdument amoureux d'elle et lui dit :
– Ah, belle Vassilissa ! Je ne veux plus jamais être séparé de toi. Accepte de devenir ma femme !
Le tsar prit alors les blanches mains de Vassilissa la Très Belle, la fit asseoir à ses côtés, et aussitôt une marche nuptiale retentit. Quand, peu de temps après, le père de Vassilissa rentra enfin de voyage, il se réjouit du mariage de sa fille et resta vivre auprès d'elle, ainsi que la vieille femme.
Quant à la poupée, Vassilissa continua de la porter dans sa poche sans jamais s'en séparer.

LA PRINCESSE GRENOUILLE

Il était une fois dans un royaume un tsar qui avait trois fils. Le plus jeune s'appelait Ivan tsarévitch.

Un jour, le tsar appela ses fils et leur dit :

– Mes chers enfants, vous êtes à présent tous en âge de penser à vous fiancer !

– Mais avec qui, père ? demandèrent les fils.

– Prenez chacun votre arc, tirez en l'air et vous trouverez votre fiancée où votre flèche sera tombée.

L'aîné tira en premier. Sa flèche tomba dans la cour d'un noble seigneur, et sa fille la ramassa.

Le cadet tira à son tour. Sa flèche tomba dans la cour d'un riche marchand, et sa fille la ramassa.

Enfin Ivan tsarévitch tira, sa flèche tomba tout droit dans un étang

marécageux, et ce fut une grenouille qui la ramassa en coassant...
Les frères aînés partirent à la recherche de leur flèche et la trouvèrent bientôt. En revanche, Ivan tsarévitch chercha longtemps la sienne.
Deux jours durant il parcourut les forêts et les montagnes. Au troisième jour, il arriva enfin devant l'étang marécageux et vit la grenouille qui tenait sa flèche en coassant.
Ivan tsarévitch allait s'enfuir quand la grenouille lui dit :
– Coa, coa, Ivan tsarévitch ! Approche, prends ta flèche et épouse-moi.
Ivan tsarévitch était bien triste et répondit :
– Comment pourrais-je t'épouser ? Les gens vont se moquer de moi !
– Prends-moi pour épouse, Ivan tsarévitch, tu ne le regretteras pas !
Ivan tsarévitch réfléchit un moment, prit la grenouille, l'enveloppa dans un mouchoir et l'emporta dans son royaume.
Les frères aînés étaient déjà arrivés et ils racontaient à leur père où leur flèche était tombée.
À son tour Ivan tsarévitch rapporta son histoire. Ses frères se mirent à se moquer de lui, mais le tsar ordonna :
– Tu dois épouser ta grenouille, tu n'y peux rien changer !

Ainsi célébra-t-on les trois mariages : l'aîné épousa la fille du seigneur, le cadet celle du marchand, et Ivan tsarévitch sa grenouille qui coassait.
Le lendemain, le tsar fit venir ses fils et leur dit :
– Eh bien, mes chers fils, vous êtes à présent tous trois mariés. Je veux savoir si vos femmes savent cuire le pain. J'ordonne qu'elles me cuisent chacune une miche de pain pour demain matin.
Les tsarévitchs saluèrent leur père et s'en allèrent. Ivan tsarévitch retourna dans sa tente bien attristé, sa tête, d'habitude si fière, dans les épaules.
– Coa, coa, Ivan tsarévitch, coassa la grenouille. Pourquoi es-tu si triste ? Ton père t'aurait-il dit des mots désagréables ?
– Comment ne serais-je pas triste ? répondit Ivan tsarévitch. Mon père a ordonné que tu lui cuises toi-même une miche de pain pour demain matin...
– Ne t'inquiète pas, Ivan tsarévitch ! Va plutôt te coucher et dormir ; la nuit porte conseil !
Quand le tsarévitch fut endormi, la grenouille se débarrassa de sa peau pour se transformer en une jeune fille de toute beauté, d'une beauté telle que les mots d'un livre ne peuvent la décrire ni un tableau la dépeindre !

И. БИЛИБИНЪ.

Vassilissa, car c'était son nom, passa de la farine de froment à travers les tamis les plus fins, pétrit une pâte bien blanche, et quand la pâte fut cuite, bien croustillante et tendre, elle y dessina toutes sortes de motifs savants : sur les côtés des royaumes et des palais, des jardins et des tours, sur le dessus des oiseaux en plein vol, et en dessous des bêtes sauvages en pleine course...

Au matin elle réveilla Ivan tsarévitch :

– C'est l'heure, Ivan tsarévitch. Lève-toi et apporte cette miche au tsar !

Elle posa la miche de pain sur un plat d'argent, et conduisit Ivan tsarévitch vers son père.

Les frères aînés apportèrent aussi leur pain, mais ceux-là ne valaient même pas la peine qu'on les regarde : la jeune fille noble avait laissé brûler le sien, quant à celui de la fille du marchand, il était tout mou et un côté s'était effondré.
Le tsar prit d'abord le pain de son fils aîné, le regarda à peine et ordonna qu'on aille le jeter aux chiens de la cour. Il prit celui du cadet et dit en le voyant :
– On ne mangerait un tel pain qu'en cas d'extrême nécessité !
Quand vint le tour d'Ivan tsarévitch, le tsar s'exclama :
– Voici un pain pour les grandes occasions !
Et il donna sur-le-champ un nouvel ordre à ses fils :
– Je veux savoir comment vos femmes travaillent de leurs mains. Prenez de la soie, de l'or et de l'argent, car j'ordonne qu'elles me tissent un tapis dans la nuit !

Les frères aînés retournèrent auprès de leur femme et leur transmirent l'ordre du tsar. Elles appelèrent des mamouchkas, des nianias et de belles jeunes filles pour qu'elles les aident à tisser leur tapis. Aussitôt, elles se mirent à l'ouvrage, tissant et brodant l'argent, l'or et la soie.
Ivan tsarévitch, pour sa part, rentra chez lui fort attristé, sa tête, d'habitude si fière, dans les épaules.
– Coa, coa, Ivan tsarévitch, dit la grenouille. Pourquoi es-tu si triste ? Ton père t'aurait-il dit des mots désagréables ?
– Comment ne serais-je pas affligé ? répondit Ivan tsarévitch. Mon père a ordonné qu'on lui tisse un tapis somptueux en une nuit !
– Ne t'inquiète pas, Ivan tsarévitch ! Va plutôt te coucher et dormir ; la nuit porte conseil !
Quand le tsarévitch fut endormi, elle se débarrassa de sa peau de grenouille pour se transformer en une jeune fille de toute beauté, et se mit aussitôt à tisser. Son aiguille piqua une première fois le tissu et une fleur en surgit, une deuxième fois et ce furent de savants motifs qui apparurent, une troisième et des oiseaux volaient…
Le soleil ne s'était pas encore levé que le tapis était déjà prêt.
Les trois frères arrivèrent devant le tsar, chacun apportant son tapis.
Le tsar prit d'abord celui de son fils aîné, le regarda et dit :
– On ne peut que protéger les chevaux de la pluie avec ce tapis-là !

Il prit celui du cadet et dit :
– On peut seulement le suspendre aux portes, celui-ci !
Il prit celui d'Ivan tsarévitch, l'observa longuement et s'exclama :
– Mais tel tapis, je veux qu'on l'accroche dans la grande salle pour les jours de fête !
Et le tsar donna immédiatement un nouvel ordre : que les trois tsarévitchs se rendent au festin qu'il organisait avec leurs épouses : le tsar voulait voir laquelle dansait le mieux.
Les tsarévitchs retournèrent auprès de leur femme.
En chemin Ivan tsarévitch pensait avec tristesse : « Comment me rendrais-je à un festin royal avec ma grenouille ?... »
Il rentra chez lui bien chagriné. Sa grenouille lui demanda :
– Qu'as-tu encore, Ivan tsarévitch, à être si triste, ta tête, d'habitude si fière, dans les épaules ? Qu'est-ce qui te chagrine ?
– Comment ne serais-je pas triste ! dit Ivan tsarévitch. Mon père a ordonné que je te mène demain à son festin...
– Ne t'inquiète pas, Ivan tsarévitch ! Va plutôt te coucher et dormir ; la nuit porte conseil !

Le lendemain, lorsqu'il fut l'heure de se rendre au festin, la grenouille dit au tsarévitch :
– Eh bien, Ivan tsarévitch, pars tout seul au festin du tsar, je te rejoindrai bientôt. Quand tu entendras un grand bruit et un coup de tonnerre, ne t'inquiète pas, dis seulement : « C'est certainement ma chère grenouille, qui arrive dans son joli carrosse ! »
Et Ivan tsarévitch partit seul au festin.
Les frères aînés, eux, se présentèrent au palais avec leur femme, toutes deux vêtues et parées avec faste. Ils se moquèrent d'Ivan tsarévitch :
– Alors, petit frère, tu es venu sans ton épouse ? Tu aurais dû l'amener dans un mouchoir, pour qu'au moins tout le monde entende son ravissant coassement !
Soudain il y eut un grand bruit et un coup de tonnerre, tout le palais se mit à trembler. Les invités, effrayés, bondirent de leur siège.
Mais Ivan tsarévitch lança :
– Soyez sans crainte, chers hôtes ! C'est certainement ma chère grenouille, qui arrive dans son joli carrosse !

Tous se penchèrent aux fenêtres et virent des chevaux fougueux arriver au grand galop, suivis par un carrosse doré que tiraient trois autres chevaux magnifiques.
Le carrosse s'approcha du perron et Vassilissa la Très Sage, étincelante comme le soleil, descendit.
Tout le monde s'exclama et admira la magnifique jeune fille.
Vassilissa la Très Sage prit le bras que lui offrait Ivan tsarévitch et ils longèrent les tables de chêne revêtues de nappes brodées…
Les invités se mirent à table, la fête pouvait commencer.

Quand Vassilissa la Très Sage buvait du vin, elle ne vidait pas entièrement son verre et en versait la dernière goutte par-dessus son bras gauche. Quand elle mangeait du cygne grillé, elle jetait délicatement les os par-dessus son bras droit. Les femmes des frères aînés virent ce qu'elle faisait et l'imitèrent aussitôt, sans bien savoir pourquoi elles agissaient ainsi.
Lorsque les invités se levèrent de table, la musique retentit, et l'on commença à danser.
Vassilissa la Très Sage ouvrit le bal avec Ivan tsarévitch. Lorsqu'elle agita le bras gauche, un étang soudain apparut, et quand elle fit un geste du bras droit, des cygnes blancs surgirent à la surface de l'eau.
Le tsar et tous les invités étaient stupéfaits.
Quand vint le tour des épouses des frères aînés d'aller danser, elles agitèrent le bras gauche, et tous les invités furent aspergés. Quand ensuite elles secouèrent le bras droit, ils reçurent une telle volée d'os de cygne que le tsar lui-même faillit y perdre un œil. Il se fâcha et ordonna qu'on les chassât hors de la salle.
Voyant la fête toucher à sa fin, Ivan tsarévitch ne perdit pas une minute et courut chez lui. Il trouva la peau de grenouille et la jeta au feu.
À son retour, Vassilissa vit que sa peau de grenouille avait disparu et se mit à la chercher. Elle la chercha, la chercha, mais en vain, et dit à Ivan tsarévitch :
– Ah ! Ivan tsarévitch, qu'as-tu fait ! Si tu avais encore attendu trois jours, j'aurais été tienne pour l'éternité. À présent, adieu, cherche-moi par-delà la trois fois neuvième terre, la trois fois neuvième mer, au royaume subsolaire, chez Kochtcheï l'Immortel. Quand tu auras usé trois paires de sabots et rongé trois pains, tous durs comme fer, alors seulement tu me retrouveras…
À ces mots, elle se transforma en cygne blanc et s'envola par la fenêtre.

И. БИЛИБИНЪ

Ivan tsarévitch fut très malheureux. Il prit son arc et ses flèches, chaussa des sabots et déposa dans un sac trois pains, tous durs comme fer, puis partit à la recherche de sa femme, Vassilissa la Très Sage.

Il marcha, et marcha encore, loin, toujours plus loin – la chose est vite dite, moins vite faite. Il avait déjà usé deux paires de sabots et rongé deux pains, tous durs comme fer, quand il rencontra un vieillard.

– Bonjour, grand-père ! dit Ivan tsarévitch.

– Bonjour, jeune homme ! Que cherches-tu ? Où vas-tu ?
Ivan tsarévitch raconta son malheur au vieillard.
– Hélas, Ivan tsarévitch, dit le vieillard, pourquoi as-tu brûlé la peau de grenouille ? Ce n'était pas toi qui la portais, ce n'était pas à toi de t'en débarrasser ! Vassilissa la Très Sage est plus rusée que son père, Kochtcheï l'Immortel, qui est fâché contre elle et l'a condamnée à passer trois ans sous la forme d'une grenouille. Mais il n'y a rien à faire, les mots ne peuvent réparer le mal qui a été fait. Voici une petite boule pour toi : partout où elle roulera, suis-la.
Ivan tsarévitch remercia le vieillard et suivit la petite boule.
Dans sa course, la petite boule franchit de hautes montagnes, des forêts obscures, des prairies verdoyantes, des étangs marécageux, des villages perdus, et partout Ivan tsarévitch la suivait, sans s'arrêter, même pour se reposer, ne fût-ce qu'une petite heure.

Il marcha, et marcha encore ; il usa ainsi la troisième paire de sabots, et rongea le troisième pain, tous durs comme fer, puis arriva dans une forêt épaisse. Là, il tomba nez à nez avec un ours.
« Il ne me reste plus rien à manger, songea Ivan tsarévitch. Tuons cet ours ! »
Il bandait déjà son arc quand soudain l'ours se mit à lui parler d'une voix humaine :
– Ne me tue pas, Ivan tsarévitch ! Un jour tu auras besoin de moi.
Ivan tsarévitch épargna l'ours, et continua son chemin.
Il traversait un vaste champ quand il vit un gros canard passer au-dessus de sa tête. Ivan tsarévitch sortit son arc.
Il s'apprêtait à tirer quand soudain le canard se mit à lui parler d'une voix humaine :
– Ne me tue pas, Ivan tsarévitch ! Viendra le jour où tu auras besoin de moi !
Ivan tsarévitch eut pitié du canard et ne lui fit pas de mal. Et, mourant de faim, il poursuivit sa route.
Soudain il vit un lapin qui gambadait.
« Tuons ce lapin ! pensa le tsarévitch. J'ai vraiment trop faim… »
Il banda son arc, visa, quand soudain le lapin s'adressa à lui avec une voix humaine :
– Ne me tue pas, Ivan tsarévitch ! Viendra le jour où tu auras besoin de moi.
Le tsarévitch l'épargna, et continua sa route.

Il parvint devant une mer d'un bleu sombre et vit un brochet gisant sur le sable. Ivan tsarévitch dit :
« Bon, cette fois, je vais manger ce brochet ! J'ai si faim que je n'ai plus aucune force ! »
– Ah, Ivan tsarévitch, fit le brochet, aie pitié de moi, ne me mange pas, rejette-moi plutôt dans la mer sombre !
Ivan tsarévitch eut pitié du brochet, le lança dans la mer, et longea la rive à la suite de la petite boule.
Au bout d'un certain temps, la petite boule arriva dans une forêt, juste devant une petite isba. La maisonnette était montée sur des pattes de poule, et tournait sur elle-même. Ivan tsarévitch dit :
– Petite isba, petite isba, arrête-toi dos à la forêt et face à moi !
À ces mots, la maisonnette se tourna dos à la forêt et face à lui.
Ivan tsarévitch entra et vit, assise sur le poêle, une Baba Yaga-jambe de bois. Celle-ci dit en voyant le tsarévitch :

– Qu'est-ce qui me vaut l'honneur de votre présence, jeune homme ? Êtes-vous ici de votre gré ou contre votre volonté ?
– Ah, Baba Yaga-jambe de bois, avant toute chose, nourris-moi plutôt, donne-moi à boire, prépare-moi un bain brûlant et ensuite je te raconterai !
– Tu as raison !
Elle donna à manger et à boire à Ivan tsarévitch, lui prépara un bain brûlant, et le tsarévitch lui raconta qu'il était à la recherche de son épouse, Vassilissa la Très Sage.
– Hum, hum ! dit la Baba Yaga. C'est que Vassilissa la Très Sage est chez ce vaurien de Kochtcheï l'Immortel. Et ni les flèches ni les balles n'ont raison de lui. C'est pourquoi il ne craint personne.
– Mais sa mort se trouve-t-elle quelque part ?
– Sa mort est au bout d'une aiguille, cette aiguille est dans un œuf, cet œuf est dans une cane, cette cane est dans un lapin, ce lapin est dans un coffret cerclé de fer, ce coffret est au sommet d'un vieux chêne, et ce chêne pousse dans une forêt profonde.
La Baba Yaga expliqua au tsarévitch comment parvenir jusqu'à ce chêne. Il la remercia et partit.

Longtemps il se fraya un chemin à travers la forêt profonde, dans les marécages des étangs vaseux, et il finit par arriver au chêne de Kochtcheï. Le sommet de ce chêne frôlait les nuages, ses racines s'étendaient sur cent verstes* sous terre, ses branches ne laissaient pas passer le soleil rouge. Et tout en haut se trouvait le coffret cerclé de fer.
Ivan tsarévitch regardait l'arbre sans savoir que faire ni comment atteindre le coffret.
« Ah, pensa-t-il, où est l'ours ? Il pourrait m'aider ! »
À peine avait-il eu cette pensée que l'ours était là : il arracha le chêne avec toutes ses racines. Le coffret tomba du sommet de l'arbre, se brisant en mille morceaux. Il en bondit le lapin qui prit la poudre d'escampette.
« Où est mon ami le lapin ? songea le tsarévitch. Il aurait sans difficulté rattrapé ce lapin-ci. »
À peine avait-il eu cette pensée que le lapin était là. Il eut tôt fait de rattraper l'autre, s'en saisit et le mit en pièces. Il en surgit la cane, qui prit son envol très haut dans le ciel.

* Unité de mesure russe qui équivaut à 1 067 mètres.

« Où est mon ami le canard ? » songea le tsarévitch.
Et déjà le canard poursuivait la cane et lui plantait un coup de bec dans la tête. La cane lâcha l'œuf, et l'œuf tomba dans la mer bleue sombre...
Ivan tsarévitch était bien triste, debout sur le rivage, et il dit :
« Où est mon ami le brochet ? Il retrouverait cet œuf au fond de la mer ! »
C'est alors que le brochet s'approcha du rivage, l'œuf dans la gueule.
– Tiens, Ivan tsarévitch !
Le tsarévitch fut tout joyeux, cassa l'œuf, y trouva l'aiguille et en brisa la pointe. Dans son palais, Kochtcheï l'Immortel mourut, et il n'en resta bientôt plus qu'un tas de poussière.
Ivan tsarévitch alla retrouver Vassilissa la Très Sage au palais de Kochtcheï.
– Ah, Ivan tsarévitch, s'exclama-t-elle, tu as su me trouver, maintenant je puis être tienne pour l'éternité !
Le tsarévitch choisit le meilleur cheval dans l'écurie de Kochtcheï, et s'en retourna dans son royaume, accompagné de Vassilissa.
Ils y vécurent heureux, dans l'amour et l'harmonie.

И. БИЛИБИНЪ.

MARIA
DES MERS

IL ÉTAIT UNE FOIS, dans un royaume, un jeune prince, Ivan, qui avait trois sœurs : la première s'appelait Maria, la seconde Olga et la troisième Anna. Avant de mourir, les parents avaient fait promettre à leur fils de ne retenir aucune de ses sœurs dès qu'un fiancé les demanderait en mariage. Le tsarévitch enterra ses parents et, plein de chagrin, alla se promener avec ses sœurs dans le jardin verdoyant. Soudain le ciel s'emplit d'un nuage noir ; un terrible orage se préparait.

– Rentrons à la maison, mes petites sœurs, dit Ivan tsarévitch.

À peine furent-ils dans le palais que le tonnerre retentit, le toit s'effondra, le plafond se déchira et un splendide faucon apparut, toutes ailes déployées. Le faucon se posa sur le sol et se transforma en un beau jeune homme :

– Salut à toi, Ivan tsarévitch ! Naguère je venais ici en invité, aujourd'hui je me présente en fiancé : je veux épouser ta sœur la tsarine Maria.

– Si tu aimes ma sœur, je ne la retiens pas. Qu'elle parte avec toi.

La tsarine Maria accepta. Le faucon l'épousa et l'emmena dans son royaume. Les jours, les mois, les saisons se succédèrent et il se passa ainsi toute une année. Un jour, Ivan tsarévitch alla se promener avec ses sœurs dans le jardin verdoyant. Cette fois encore un gros nuage noir tourbillonna, il y eut des éclairs.

– Rentrons à la maison, mes petites sœurs, dit Ivan tsarévitch.
À peine furent-ils dans le palais que le tonnerre retentit, le toit s'effondra, le plafond se déchira et un magnifique aigle apparut, toutes ailes déployées.
L'aigle se posa sur le sol et se transforma en un beau jeune homme :
– Salut à toi, Ivan tsarévitch ! Naguère je venais ici en invité, aujourd'hui je me présente en fiancé.
Et il demanda la tsarine Olga en mariage.
– Si tu aimes la tsarine Olga, qu'elle te suive. Je ne la retiendrai pas.
La tsarine Olga accepta et prit l'aigle pour époux, qui l'emmena dans son royaume.

Une nouvelle année passa. Ivan tsarévitch dit un jour à sa plus jeune sœur :
– Allons nous promener dans le jardin verdoyant.
Ils firent quelques pas. Une nouvelle fois, un gros nuage noir tourbillonna, il y eut des éclairs.
– Rentrons à la maison, petite sœur !
Ils retournèrent au palais. À peine eurent-ils le temps de s'asseoir que le tonnerre retentit, le toit s'effondra, le plafond se déchira et un superbe

И. БИЛИБИНЪ
1901.

corbeau apparut, toutes ailes déployées. Le corbeau se posa sur le sol et se transforma en un beau jeune homme, plus beau encore que les précédents soupirants.
– Salut à toi, Ivan tsarévitch. Naguère je venais ici en invité, aujourd'hui je me présente en fiancé : laisse-moi épouser ta sœur, la tsarine Anna.
– Je ne retiendrai pas ma sœur contre son gré. Si tu l'aimes, qu'elle te suive.
La tsarine Anna prit le corbeau pour époux et elle partit avec lui dans son royaume.

Ivan tsarévitch resta seul. Les jours, les mois, les saisons se succédèrent et il se passa ainsi toute une année. Mais Ivan s'ennuyait.
– Allons rendre visite à mes chères sœurs, dit-il.
Il se mit en route, marcha et marcha encore, quand il découvrit dans un champ toute une immense armée anéantie. Ivan tsarévitch demanda :
– S'il se trouve encore ici âme qui vive, répondez-moi : qui a décimé cette grande armée ?
Un homme encore vivant lança :
– C'est Maria des Mers, la belle reine, qui a fait périr tous ces soldats.
Ivan tsarévitch continua son chemin et parvint devant de grandes tentes blanches ; Maria des Mers, la belle reine, vint à sa rencontre.
– Bonjour, tsarévitch. Où Dieu te mène-t-il ? Vas-tu selon ta volonté ou contre ton gré ?
Ivan tsarévitch lui répondit :
– Il n'est de vaillant chevalier qui voyage contre son gré.
– Eh bien, si ton affaire ne presse pas trop, sois mon hôte.
Ivan tsarévitch se réjouit de cette invitation et passa deux nuits sous les grandes tentes. Il tomba amoureux de Maria des Mers et l'épousa.
Maria des Mers, la belle reine, l'emmena dans son royaume. Ils y vécurent heureux jusqu'à ce que la tsarine, un jour, décide de partir en guerre.
Elle laissa la charge du royaume à Ivan tsarévitch et lui ordonna :
– Tu peux te rendre partout, tout regarder, entrer où tu veux, sauf dans ce cachot.
Mais dès que Maria des Mers fut partie, Ivan tsarévitch ne put résister : il se précipita vers le réduit, ouvrit la porte et vit à l'intérieur Kochtcheï l'Immortel, maintenu par vingt chaînes.
Kochtcheï supplia Ivan tsarévitch :

– Par pitié, donne-moi à boire ! Cela fait dix ans que je souffre mille maux ici, sans manger ni boire : ma gorge est toute desséchée.
Le tsarévitch lui apporta un plein seau d'eau, que Kochtcheï but d'un seul trait.
– Un seau ne suffit pas à étancher ma soif. Donne m'en encore !
Le tsarévitch lui en donna un autre. Kochtcheï but et en demanda un troisième ; quand il eut bu le troisième, il avait retrouvé toutes ses forces, secoua ses vingt chaînes et les brisa toutes aussitôt.
– Merci, Ivan tsarévitch, dit Kochtcheï l'Immortel. À présent tu ne reverras plus jamais Maria des Mers, aussi sûr que tu ne verras jamais tes propres oreilles !
Et il s'en fut par la fenêtre dans un effroyable tourbillon. Il rattrapa aussitôt Maria des Mers, la belle reine, et l'emporta chez lui.
Ivan tsarévitch pleura des larmes bien amères, puis il s'équipa et prit la route : « Quoi qu'il arrive, je retrouverai Maria des Mers. »

Un jour passa, puis un autre, et à l'aube du troisième, il vit devant lui un merveilleux palais. Près du palais, il y avait un chêne, sur lequel se tenait un splendide faucon. L'oiseau vola vers lui, se posa sur le sol et se transforma en un beau jeune homme :
– Ah, mon cher beau-frère ! s'écria-t-il.
À ces cris, Maria la tsarine courut accueillir son frère, lui posa bien des questions, et lui fit raconter son existence. Le tsarévitch demeura trois jours auprès d'eux puis dit :
– Je ne puis rester davantage avec vous : je suis à la recherche de mon épouse, Maria des Mers, la belle reine.
– Il ne te sera pas facile de la retrouver, fit le faucon. Laisse ici ta cuiller en argent : quand nous la regarderons, nous penserons à toi.
Ivan tsarévitch laissa sa cuiller en argent chez le faucon et partit.
Il marcha un jour, puis un autre, et à l'aube du troisième, il vit devant lui un palais plus somptueux encore que le précédent. Près du palais, il y avait un chêne, sur ce chêne se tenait un aigle magnifique. L'aigle quitta l'arbre, se posa sur le sol et se transforma en un beau jeune homme :
– Viens vite, tsarine Olga, s'écria-t-il. Notre cher frère est là !
Olga la tsarine accourut, embrassa son frère, lui posa bien des questions et lui fit raconter son existence.

Ivan tsarévitch demeura trois jours auprès d'eux, puis il dit :
– Je ne puis rester davantage avec vous : je suis à la recherche de mon épouse Maria des Mers, la belle reine.
L'aigle lui répondit :
– Il ne te sera pas facile de la retrouver. Laisse ta fourchette en argent chez nous : quand nous la regarderons, nous penserons à toi.
Ivan tsarévitch laissa sa fourchette en argent chez l'aigle et s'en alla.

Il marcha un jour, puis un autre, et à l'aube du troisième, il vit devant lui un palais plus beau encore que les deux précédents. Près du palais, il y avait un chêne, sur lequel se tenait un superbe corbeau. Le corbeau quitta l'arbre, se posa sur le sol et se transforma en un beau jeune homme :
– Tsarine Anna, viens vite, s'écria-t-il. C'est notre frère !
Anna la tsarine accourut à la rencontre d'Ivan tsarévitch, l'embrassa, le serra dans ses bras, lui posa bien des questions et lui fit raconter son existence.
Ivan tsarévitch demeura trois jours auprès d'eux, puis il dit :
– Adieu. Je vais à la recherche de mon épouse, Maria des Mers, la belle reine.
Le corbeau lui répondit :
– Il ne te sera pas facile de la trouver. Laisse-nous donc ta tabatière en argent : quand nous la regarderons, nous penserons à toi.
Le tsarévitch remit au corbeau sa tabatière en argent, fit ses adieux et s'en alla.

Un jour passa, puis un autre, et le troisième, il retrouva enfin Maria des Mers, prisonnière chez Kochtcheï l'Immortel.
Quand elle vit son cher mari, elle se jeta à son cou, le couvrit de larmes et lui dit :
– Ah, Ivan tsarévitch, pourquoi m'as-tu désobéi ? Pourquoi es-tu entré dans le cachot et as-tu libéré Kochtcheï l'Immortel ?
– Pardonne-moi, Maria des Mers, ne me reproche pas le passé. Partons plutôt avant que Kochtcheï l'Immortel ne nous voie. Pourvu qu'il ne nous rattrape pas !
Kochtcheï était à la chasse. Le soir, sur le chemin du retour, son cheval soudain s'arrêta net.
– Qu'est-ce qui te prend, sale canasson, à t'arrêter comme ça ?
Est-ce que tu sens un danger ?

– Ivan tsarévitch est venu et a emmené Maria des Mers, répondit le cheval.
– Peut-on encore les rattraper ?
– On pourrait semer du froment, attendre qu'il pousse, le moissonner, le moudre, en faire de la farine, préparer cinq fournées de pain, les manger, et seulement alors partir à leur poursuite, que nous les rattraperions encore !
Kochtcheï partit au grand galop, et rattrapa Ivan tsarévitch.
– Bon, dit-il, cette fois je te pardonne, pour la bonté que tu as eue naguère de me donner de l'eau. Je pourrai te pardonner une deuxième fois, mais la troisième, prends garde à toi, je te mettrai en pièces.
Il lui arracha Maria des Mers et l'emmena. Ivan tsarévitch s'assit sur une pierre et se mit à pleurer.

Il pleura longtemps, puis décida de retourner auprès de Maria des Mers. Kochtcheï l'Immortel n'était pas chez lui.
– Partons, Maria des Mers !
– Ah, Ivan tsarévitch, il va nous rattraper !
– Qu'il nous rattrape ! Au moins aurons-nous passé une heure de plus ensemble.
Et ils partirent.
Le soir, Kochtcheï l'Immortel rentrait chez lui, quand soudain son cheval coursier s'arrêta net.
– Qu'est-ce qui te prend, sale canasson, à t'arrêter comme ça ?
Est-ce que tu sens un danger ?
– Ivan tsarévitch est venu, et a emmené Maria des Mers avec lui.
– Peut-on encore les rattraper ?
– On pourrait semer de l'orge, attendre qu'il pousse, le moissonner et le moudre, en faire de la bière, boire jusqu'à l'ivresse, manger comme des ogres, dormir comme des loirs, et alors seulement se mettre à leur poursuite, que nous les rattraperions encore !
Kochtcheï partit au grand galop et rattrapa Ivan tsarévitch :
– Je t'avais pourtant prévenu que tu ne verrais plus jamais Maria des Mers, aussi sûr que tu ne verras jamais tes propres oreilles !
Il lui arracha Maria des Mers et la ramena chez lui.
Ivan tsarévitch resta tout seul, pleura longtemps, puis retourna une nouvelle fois auprès de Maria des Mers.
– Partons, Maria des Mers !
– Ah, Ivan tsarévitch, il va nous rattraper et te mettre en morceaux !

– Tant pis, je ne puis vivre sans toi !
Kochtcheï l'Immortel rentrait chez lui quand soudain son cheval s'arrêta net.
– Qu'est-ce qui te prend de t'arrêter comme ça ? Est-ce que tu sens un danger ?
– Ivan tsarévitch est venu, et a emmené Maria des Mers avec lui.
Kochtcheï partit au grand galop et rattrapa Ivan tsarévitch. Cette fois, il le découpa en morceaux, mit les morceaux dans un tonneau de poix cerclé de fer qu'il jeta dans la mer sombre. Cela fait, il ramena Maria des Mers chez lui.

Au même instant, chez les beaux-frères d'Ivan tsarévitch, tous les objets d'argent se mirent à noircir.
– Ah, il est arrivé malheur à notre frère ! s'exclamèrent-ils.
L'aigle s'envola à tire-d'aile vers la mer sombre, en retira le tonneau et le traîna sur la rive. Le faucon alla chercher de l'eau de vie et le corbeau de l'eau de mort.
Ils se retrouvèrent tous les trois sur la rive, brisèrent le tonneau, en sortirent les morceaux, les lavèrent et les remirent chacun à leur place.

Le corbeau aspergea les morceaux d'eau de mort et tous les morceaux se réunirent. Le faucon les aspergea d'eau de vie et Ivan tsarévitch tressaillit. Il se leva et dit :

– Ah, comme j'ai bien dormi !

– Tu aurais dormi plus longtemps encore si nous n'avions pas été là ! lui répondirent ses beaux-frères. À présent, rentrons festoyer chez nous.

– Non, mes frères, je dois retourner vers Maria des Mers.

Et Ivan tsarévitch se rendit une dernière fois auprès de sa bien-aimée :

– Tâche de demander à Kochtcheï l'Immortel où il a trouvé un si vaillant cheval, dit Ivan à la belle reine.

Quand elle jugea le moment propice, Maria des Mers interrogea Kochtcheï l'Immortel.

– Par-delà la trois fois neuvième terre, dans le trois fois neuvième royaume, de l'autre côté de la rivière de feu vit une Baba Yaga, répondit Kochtcheï. Elle a une jument avec laquelle elle fait chaque jour le tour de la terre, et possède bien d'autres chevaux tout aussi vaillants. Pour obtenir l'un d'entre eux, la Baba Yaga m'a demandé de garder ses bêtes trois jours durant : j'ai réussi à n'en perdre aucune et, en échange, elle m'a donné l'un de ses merveilleux chevaux.

– Mais comment as-tu pu traverser la rivière de feu ?

– Je possède un mouchoir magique, il suffit de l'agiter trois fois de la main droite pour qu'apparaisse un pont si haut que le feu ne peut l'atteindre. Une fois sur l'autre rive, il suffit de l'agiter trois fois de la main gauche pour que le pont disparaisse.

Maria des Mers écouta attentivement et répéta à Ivan tsarévitch ce que Kochtcheï lui avait dit. Elle parvint aussi à voler le mouchoir magique et le lui donna. Ivan tsarévitch put ainsi franchir la rivière de feu pour se rendre chez la Baba Yaga. Une fois sur l'autre rive, il dut marcher, et marcher encore avant d'arriver, sans boire ni manger. En chemin, il croisa une mouette et sa nichée :

« Je vais manger un oisillon ! » se dit-il.

– Ne fais pas cela, Ivan tsarévitch, supplia l'oiseau. Viendra un jour où tu auras besoin de moi.

Il continua sa route. Dans une forêt, il vit un essaim d'abeilles.

« Je n'ai qu'à prendre un peu de miel », se dit-il.

– Ne touche pas à mon miel, Ivan tsarévitch, supplia la reine des abeilles. Viendra un jour où tu auras besoin de moi.
Il ne toucha pas au miel et continua sa route. Soudain il se trouva nez à nez avec une lionne et son petit.
« Je vais manger ce lionceau. J'ai si faim que je n'ai plus aucune force. »
– Ne fais pas de mal à mon petit, Ivan tsarévitch, supplia la lionne. Viendra un jour où tu auras besoin de moi.
Et Ivan tsarévitch épargna le lionceau. Épuisé et affamé, il marcha et marcha encore, quand il arriva enfin devant la maison de la Baba Yaga. Douze pieux l'entouraient, en haut desquels étaient plantés des crânes humains. Seul un pieu restait inoccupé.
– Salut à toi, grand-mère !
– Salut à toi, Ivan tsarévitch. Qu'est-ce qui t'amène ici, es-tu venu de ton plein gré ou as-tu une requête ?
– Je suis venu mériter un de tes fantastiques chevaux.
– Alors, tsarévitch, fais-moi l'honneur de garder mes chevaux, non pas toute une année, mais trois jours seulement. Si tu ne perds aucune de mes bêtes, je t'en donnerai une, sinon, ne te fâche pas, je planterai ta tête sur le dernier pieu.
Ivan tsarévitch accepta. La Baba Yaga lui donna à manger et à boire, puis lui ordonna de se mettre au travail.

Dès qu'il eut mené les chevaux dans la prairie, tous partirent au grand galop et se dispersèrent à travers champs. Le tsarévitch n'eut pas le temps de crier pour les rappeler qu'ils avaient déjà tous disparu.
Il se mit à pleurer et à se lamenter, s'assit sur une pierre et s'endormit.
Le soleil se levait quand la mouette vint le réveiller :
– Debout, Ivan tsarévitch, les chevaux sont rentrés.
Le tsarévitch se leva et retourna chez la Baba Yaga, qui était en train de houspiller ses bêtes :
– Pourquoi êtes-vous revenus ?
– Comment pouvions-nous faire autrement ! Il est arrivé des oiseaux du monde entier, ils ont failli nous crever les yeux à coups de bec.
– Eh bien, demain, ne partez pas à travers champs, mais dispersez-vous plutôt dans la forêt profonde.
Ivan tsarévitch passa une nuit chez la Baba Yaga et au matin elle lui dit :

– Prends garde, tsarévitch, si tu ne gardes pas bien mes chevaux, si tu en perds ne serait-ce qu'un, ta fière tête ira orner ce pieu !
Il mena les chevaux dans la prairie. Ils partirent aussitôt au grand galop et se dispersèrent tous dans la forêt profonde.
Une nouvelle fois, le tsarévitch s'assit sur une pierre, pleura abondamment, puis s'endormit. Le soleil se levait derrière la forêt, quand la lionne accourut :
– Debout, Ivan tsarévitch ! Toutes les bêtes sont rassemblées.
Ivan tsarévitch se leva et rentra. La Baba Yaga était encore plus en colère contre ses chevaux :
– Pourquoi êtes-vous revenus ?
– Comment pouvions-nous faire autrement ? Des bêtes sauvages et féroces sont arrivées de la terre entière, c'est une chance qu'elles ne nous aient pas mis en pièces.
– Eh bien, demain, jetez-vous dans la mer sombre.

Ivan tsarévitch passa une nouvelle nuit chez la Baba Yaga. Au matin elle l'envoya garder ses chevaux, en répétant sa terrible menace :
– Prends garde, si tu en perds un, ta fière tête ira orner ce pieu !
Il mena les bêtes dans la prairie. Elles partirent aussitôt au grand galop, et se précipitèrent toutes dans la mer sombre, de l'eau jusqu'au cou.
Ivan tsarévitch s'assit sur une pierre, se mit à pleurer puis s'endormit.
Le soleil se levait derrière la forêt quand arriva la reine des abeilles, qui lui dit :
– Debout, tsarévitch ! Tous les chevaux sont réunis. Mais attention, quand tu rentreras, ne te montre pas à la Baba Yaga, va directement dans l'écurie et cache-toi derrière les mangeoires. Tu trouveras là un poulain tout sale, en train de se rouler dans la fange. Prends-le et quitte la maison à la nuit noire.
Ivan tsarévitch se faufila dans l'écurie et s'allongea derrière les mangeoires.
La Baba Yaga, elle, houspillait encore ses chevaux :
– Pourquoi êtes-vous revenus ?
– Comment pouvions-nous faire autrement ? Des abeilles nous ont attaqués de toutes parts, et par milliers se sont mises à nous piquer jusqu'au sang !
La Baba Yaga s'endormit et, à la nuit noire, Ivan tsarévitch lui vola le poulain dont la reine des abeilles lui avait parlé ; il le sella, l'enfourcha et partit au galop jusqu'à la rivière de feu.
Quand il fut devant, il agita trois fois le mouchoir de la main droite,

И. БИЛИБИНЪ. 1901.

et soudain, surgi on ne sait d'où, apparut un superbe pont, qui s'élevait très haut. Le tsarévitch franchit la terrible rivière puis agita le mouchoir de la main gauche, mais deux fois seulement, si bien que le pont ne disparut pas entièrement.

Au matin, la Baba Yaga se réveilla et vit que le poulain avait disparu. Elle se lança à sa poursuite et arriva au grand galop devant la rivière de feu.

– Ce pont me semble fort bien, dit-elle en voyant le petit pont qu'avait laissé Ivan tsarévitch.

Elle s'y engagea, mais lorsqu'elle fut au milieu, le pont, qui était très fragile, s'effondra et la Baba Yaga tomba dans la rivière de feu, où elle mourut brûlée vive.

Ivan tsarévitch fit paître le poulain dans les prairies verdoyantes, et ce devint un extraordinaire cheval. Quand le tsarévitch arriva auprès de Maria des Mers, elle se jeta à son cou en s'écriant :

– Comment as-tu pu échapper à la mort ?

– Comme çi, comme ça, répondit-il. Vite, partons !

– J'ai peur, Ivan tsarévitch ! Si Kochtcheï nous rattrape, il te tuera !
– Non, il ne nous rattrapera pas ! À présent j'ai comme lui un merveilleux et vaillant cheval, qui fend les airs comme un oiseau.
Ils prirent place sur le cheval et partirent.
Kochtcheï rentrait chez lui quand soudain son cheval s'arrêta :
– Qu'est-ce qui te prend, sale canasson, à t'arrêter comme ça ? Sentirais-tu un danger ?
– Ivan tsarévitch est revenu chercher Maria des Mers.
– Peut-on encore les rattraper ?
– J'en doute. À présent Ivan tsarévitch a un fantastique cheval bien plus vaillant que moi.
– C'est impossible, dit Kochtcheï l'Immortel. Je ne peux l'accepter !
Et Kochtcheï se lança à la poursuite d'Ivan tsarévitch. Il finit par le rattraper, sauta à terre et voulut le mettre en pièces avec son sabre tranchant.
Mais le cheval d'Ivan lui fracassa la tête d'un coup de sabot, tandis que le tsarévitch l'achevait à coups de massue.
Après quoi, Ivan ramassa un grand tas de bois, alluma un feu, fit brûler le corps de Kochtcheï l'Immortel et dispersa ses cendres dans le vent.
Maria des Mers prit place sur le cheval de Kochtcheï, Ivan tsarévitch sur le sien, et ils se rendirent d'abord chez le corbeau, puis chez l'aigle et enfin chez le faucon. Partout on les reçut dans la joie :
– Ah, Ivan tsarévitch, nous n'espérions plus te voir ! Mais ta peine est bien récompensée : on ne saurait trouver nulle part plus belle épouse que Maria des Mers !
Ivan tsarévitch et la belle Maria des Mers retournèrent enfin dans leur royaume, où ils vécurent heureux, dans la prospérité et l'abondance.

Conception graphique et réalisation
Repères Communication

Reproduit et achevé d'imprimer
en janvier 2005
par l'imprimerie Fot
à Pusignan
pour le compte des éditions
ACTES SUD
Le Méjan
Place Nina-Berberova
13200 Arles

Dépôt légal
1re édition : novembre 1997
(Imprimé en France)